죄를 짓고 싶은 저녁

문신

시인의 말

"나의 영혼은 오래전부터
무르익어, 신비에 흐려진 채
무너져 내린다."라고
페데리코 가르시아 로르카는 썼다.

내가 침몰했던 모든 저녁은
무르익어 무너진 영혼의 잔해였음에
틀림없다.

이것은 내 생각이다.
그리하여 내내
저녁의 시를 쓸 수밖에 없었다.

2022년 4월

문신

죄를 짓고 싶은 저녁

차례

2부 얼룩 한 점으로 물 말라 가는

3부 브레히트 서사극의 단역배우처럼

1부
저녁에는 저녁의 슬픔이

시 읽는 눈이 별빛처럼 빛나기를

해 뜨지 않는 날이 백 일간 지속된다면 나는 캄캄한 살구나무 아래 누워 시를 읽을 것이다 비가 오면 심장까지 축축하게 젖도록 시를 읽을 것이다 도둑인 줄 알았다고 누군가 실없는 농을 걸어 오면 나는 벌써 시를 이만큼이나 훔쳤다고 쌓아 둔 시집을 보여 줄 것이다 또 누군가 나를 향해 한 마리 커다란 벌레 같다고 한다면 시에 맹목인 벌레가 될 것이다 야금야금 시를 읽다가 별빛도 달빛도 없이 내 안광으로만 시를 읽다가 마침내 눈빛이 시들해지고 눈앞이 캄캄해진다면 사흘이고 열흘이고 시를 새김질하다가 살구나무에 계절이 걸리는 것도 잊고 또 시를 읽을 것이다 그렇게 시를 읽다가 살구꽃 터지는 날을 골라 내 눈에도 환장하게 핏줄 터지고 말 것이다 시 읽는 일이 봄날의 자랑이 될 때까지 나는 캄캄한 살구나무 아래에 누워 시를 읽을 것이다

늦은 저녁때 오는 비

싸리나무가 꼿꼿이 일어서면 저녁이다
이런 날 바람은 참 건들거리고 조그마한 새들도 풀숲
에 들어 기척이 없다
비가 내리는 것이다
늦은 저녁때 오는 비를 긋는 일은 저녁밥이 푸르스름
하게 식어 가는 일
물끄러미 비 오는 저편을 향해 눈매를 가늘게 당겨
저물어 가는 속도로 성큼 앞 산자락을 끌어오는 일인
데
비는 그 사이를 투명한 짐승처럼 바람을 몰아 후드득
흩뿌려 놓고는
또 저렇게 싸리나무를 가만히 내려다보는 것이다

싸리나무에 저녁을
안치고
늦게 귀가하는 얇은 우산들을 향해 전속력으로 충
돌하는
비

비

비

비

비를 겨누어 직립으로 곤두서는 싸리나무의 저녁때

저녁 공부

감나무 잎에 빗줄기 들이치는 것 지켜보다가 낡은 서
가에서 책 꺼내 오는 일을 잊었다

빗소리 차근차근한 저녁에 공부하는 일은 애당초 틀
려먹은 일

차라리 행인처럼 낯설게 두리번거리는 저녁을 공부
하기로 한다

저녁은 본문 사이에 낀 인용문처럼 다소는 어색하게
굴기로 작정한 모양으로 스멀거리고

이마를 들면 꼭 누군가를 만나지 않고는 지나칠 수
없는 길목에 저녁이 걸려 있다

이런 저녁이면 어른들은 술동무를 찾아 끄덕끄덕 빗
줄기를 헤집어대었다고 들었다

그러나 발목까지 젖어드는 저녁에 저녁을 공부하는
일은

저 감나무 잎에 나는 누구인가, 라는 문장을 캄캄하
게 옮겨 적는 일

그런 뒤, 비 그친 감나무 잎 그늘에 낡은 의자를 내다
놓고 또 나는 누구인가, 라는 캄캄한 문장을 팔팔 끓는
목청으로 읊어대는 일

그런다고 저녁이 거저 스미지는 않을 터, 연필을 쥐었
던 중지의 굳은살을 깎아낸다

이 버려지는 살에게서 더 이상 피도 눈물도 찾아볼
수 없는 것처럼, 감나무 잎에 저녁이 내린다

저녁에 저녁을 공부하는 흐린 생이 여기 있었다는 듯
감나무 잎이 까맣게 젖어 있다

신도 죄를 짓고 싶은 저녁이다

저녁이 오는 동안 혀끝이 쓰라리다
후박나무에 비가 내렸다
쓰라리다, 라고 생각하는 동안에도 혀끝은 쓰라리고

하루,
어쩌면 온종일이라는 말이 더 맞을 것이다
쓰라리지 않기 위해
울음보다 가볍다는 소리까지 몽땅 토해냈는데
후박나무가 젖는다

혀끝에 박혀 있는 저녁,

어깨를 굽힌 사람이나 턱을 치켜든 사람이나
저녁에 닿는 일은 쓰라림에 닿는 일

후박나무는 후박나무답게 저녁을 맞이하고
저녁에는 사랑해야 하는 사람들이 부쩍 늘어나므로
견습생 같은 삶이라도 어설퍼서는 안 된다

잠시 비를 긋는 심정으로 후박나무에 기대면
저녁으로 모여든 빗물이
어깨에 스미고

신의 허락 없이는 죄를 지을 수 없지만
사랑하는 사람을 땅에 묻고 돌아온 사람만큼은
신도 외면하고 싶은 저녁

후박나무에서 떨어져 내린 빗물이 신의 혀끝에 박힌
다
쓰라리다

인간이 눈 감는 시간을 기다려 신도 죄를 짓고 싶은
저녁이다

누군가 페달을 밟아대는 저녁

하루쯤 휘청, 하고 그대로 주저앉아도 좋으련만 누군가 묵묵하게 페달을 밟아대는 저녁이다 물기가 마르지 않아 심심한 목덜미를 기웃거리며 아내는 외출을 준비하고, 식탁 위에 놓인 수저 한 벌이 흐리다 이런 저녁이면 자주 흘려 놓던 한숨도 부질없다

부질이라……

이 말에는 쇠에 불을 먹여야 단단해진다는 대장장이의 통찰과 노동의 역사가 있다는데, 아무런 생각 없이 또 일없이 맞이하는 저녁이야말로 부질과 먼 일이다 그럼에도 밥그릇을 비우고 흘린 밥알을 훔치고 수저를 씻어 수저통에 가지런하게 눕혀 놓는다 이렇게 살아 보니 사는 일만큼 허술한 짓이 또 있을까 싶다 캄캄해지면 불을 켜는 일이나 환한 불빛 아래 늦도록 꼼지락거리는 일이 하루를 살아가는 일 같아서다

그런데도 누군가는 쉼 없이 하루의 페달을 밟을 것이

고
　페달에 걸린 저녁이
　슬슬슬슬 감겼다가 슬슬슬슬 풀려 나가기도 할 것인
데

　언제 한 번은 크게 쏠려 가 버릴 것만 같은 저녁처럼
아내의 외출이 부쩍 잦아지고 있다

누가 아프다는 이야기를 듣는 저녁

누가 아프다는 이야기를 듣는 저녁이다
공단 지대를 경유해 온 시내버스 천장에서 눈시울빛
전등이 켜지는 저녁이다
손바닥마다 어스름으로 물든 사람들의 고개가 비스
듬해지는 저녁이다

다시, 누가 아프다는 이야기를 듣는 저녁이다

저녁에 듣는 누가 아프다는 이야기는
착하게 살기에는 너무 피로한 사람들의 이야기다
문득 하나씩의 빈 정류장이 되어 있을 것 같은 사람들
의 이야기다

시내버스 뒤쪽으로 꾸역꾸역 밀려드는 사람들을 보라
그들을 저녁이라고 부른들 죄가 될 리 없는 저녁이다

누가 아파도 단단히 아플 것만 같은 저녁을 보라
저녁에 아픈 사람이 되기로 작정하기 좋은 저녁이다

시내버스 어딘가에서
훅,
울음이 터진들 누구도 거들떠보지 않을 저녁이다

이 버스가 막다른 곳에서 돌아 나오지 못해도 좋을
저녁이다

그늘 내리는 저녁

―5월 들어 세 번째 일요일, 오후 4시에 나는 호미를 팽개
쳐 버렸다 솜씨 없이 파헤치다 만 풀뿌리들은 여전히 흙을
물고 버티고, 맥없이 뜯긴 풀잎들만 조금씩 시들어 가고 있었
다 나는 무딘 노동의 잔해들 앞에서 퍼렇게 풀물 든 손바닥
을 썩썩 털어내는 것으로 오늘의 밥값을 덜어냈다

마루에 앉아 그늘 내리는 것 본다
담장 그늘은 작약 그늘을 덮고 살구나무 그늘은 장
독대를 누른다
저무는 것인가
발등이 서늘해서 보니 옆집 감나무 그늘이 발등에
얹혔다
바람도 없는데 눈시울이 뜬다
그늘 없는 것들은 무엇을 덮을 수 있을까
발등에 발등을 얹고 나니
더는 포개고 얹을 일 없을 것처럼 날이 저문다
감나무 그늘은 혁명처럼 무겁고
불은 켜지고
옛날의 처마는 무디어 간다
발등에 그늘을 얹고 걸어온 길들을 짚어 보니

패배한 것들만 그늘 없이 빛나고
오늘의 눈꺼풀이 주저앉듯
어둠은 발등에서부터 몰락해 간다
저녁,
그늘 없는 마루에 앉아
발등에만이라도 작은 불 켜 둔다면
그리하여 간신히 빛의 그늘 하나 만들어 둔다면
그늘은 감나무 잎처럼 광활해질까
마루에는 흰 접시에 얹힌 팥떡이 식어 가고
오늘은 음력으로 4월 보름
옆집에 제사 든 줄 알고 소주 한 병 보내 놓고
나는 발등을 씻고 책을 꺼내 든다
얇은 갈피들 사이에서 죽은 자들의 발등 같은 문장
을 더듬다가
문득,
광활한 그늘이 스민 발등으로는
지난겨울에 신었던 신발을 더는 신을 수 없을 것만
같았다

환상 저녁

자려고 누웠는데 손등 너머로 해가 지고 있었다
이것은 환상 저녁에 대한 서문 격이다
내 손등에는 세 그루 플라타너스가 서 있고, 그 아래
나무 의자가 하나 놓여 있다 가끔 손목이 굽은 쪽에서
어떤 짐승들이 기어 나와 새벽까지 나무 의자에 앉아
있다 간다

나는 눈을 감고 내 손등을 그려 보는 것이다
해가 지고 난 뒤 아주 캄캄해진 손등에는 이런 글자
들이 발광하기도 한다
내일까지는 별의 자리를 옮겨 놓고 귀환해야 하리라
이것은 환상 저녁의 본문 격이다

이런 날 밤에는 어떤 여자가 찾아오기도 한다
여자라니,
이건 꿈이 아니라 환상에 관한 몰입이다

내 손등은 죄 없는 언덕처럼 동그랗고,

내가 잠들고 나면 손등은 감추고 있던 손바닥을 꺼내기도 하는데, 그런 날 세 그루 플라타너스는 그리고 나무 의자 하나는 잠의 저편까지 기울어지는 그림자가 된다
당연히 내 손등은 검은 짐승의 발톱을 세우고

무엇을 더듬다가 끝내 움켜쥐고 마는 내 손등에 대해 나는 밤마다 중형을 선고하지만, 아침이면 온갖 유예의 조건들이 피력된다
이것은 환상 저녁에 일어난 결말 격이다

느낌도 없이,
헤어졌던 사람과 헤어졌다는 저녁의 비애 격이다

슬픔을 부르는 저녁

　오늘 저녁은 낡은 상자를 내려놓듯, 다만 다소곳한 노래가 되어 세상에 주저앉는다

　상자는 유월의 평상에 나앉은 사람처럼 선과 면의 각도로 저녁에 기대었고
　건너편에서 까닭 모를 아픔처럼 어린 사과나무의 그늘이 침침해져 간다

　그러니 상자에는 상자의 내력이
　어둠에는 어둠의 내력이 있다는 사실을 누가 말해 줄수 있을까?
　슬픔에는 슬픔의 내력이 있다는 말을 누가
　이 저녁, 캄캄해져 오는 바람의 찬란한 침묵처럼 노래할 수 있을까?

　먼바다에서 저녁을 맞이하는 일처럼 우리의 상자는 그렇게 낡아 간다
　바다라니

......

　노래의 침묵처럼, 그 침묵에 벗어 놓은 신발처럼, 저녁
이 가지런하게 건너올 때
　그 주춤거리는 걸음을 마중하는 처마 끝 흐린 등불
같은 심정으로
　캄캄한 슬픔이라고, 손에 닿는 대로
　어둠의 뒷면에 꾹꾹 눌러 적는다

　그런 저녁이면 담 너머에서 들려오는 악다구니들이
문득 서럽다
　그 소리에 귀를 내어 주면서 자주 거친 무릎을 짚는
동안에도

　바다에서는, 바다에서는, 바다에서는, 저녁이 저물어
온다

　낡은 상자를 닮은 저녁이 낡아 가는 것을 보는 동안,

문득 슬픔의 모양으로 드리워 둔 손차양이 바르르 흔들
리는 것은 격렬하다는 것,
　저녁이 저녁으로 소멸해 가듯
　슬픔이 슬픔으로 끝내 잦아들어 가는 것

　어린 사과나무 쪽으로 침침해져 가는 사람들의 눈
밑으로
　낡은 상자가 그러하듯
　그 안쪽에 세상의 잡동사니들을 껴안은 저녁이 저녁
처럼 저물어 닿는다

　상자에는 상자의 슬픔이 있고, 저녁에는 저녁의 슬픔
이 있다는데
　슬픔에는
　상자가 낡아 가는 동안에도 저물 수 없는 캄캄해진
노래가 있다

옛날에 관하여

—오래된 책갈피에서 엽서 한 장을 발견했다 기억나지 않는 발신인을 저녁 내내 그리워했으나 끝내는 부를 수 없는 이름으로 남겨 두기로 했다

처마에 불 놓을 주인도 없는 저녁이다
하루에 두 차례
누군가 초인종을 누르고
그때마다 어떤 울음이
부엌에서 들썩이는 빈집이다
문밖에서
빈집을 타진해 보는 늙은 어미처럼
부엌에는
석유곤로에 얹힌 식은 국 냄비가 있고
하, 하는 깊은 숨소리가 있고
칼을 쥐면
손등에 푸른빛이 돋던 빈집이다
말이 담을 넘지 못하고
어깨가 좁아 그림자만 같던 사람들이
몇 세기를 살 것처럼
웅크리고 버둥거리고

건방지게 눈을 뜰 줄도 몰랐던
옛날이라면,
옛날에 관해서라면
하룻밤쯤 묵어 갈 만한 나직한 저녁이다
처마에 불 놓던 주인처럼
옛날은
하루에 두 차례씩 울리는 초인종이다
어쩌다…… 어찌하여…… 어찌하랴…… 같은
태평을 모르는
젖은 옷소매 같은 저녁에서야
처마가 지극해지는
빈집이다

마당에 목화 핀 집 대문을 가만히 두 드려 보다

어쩌다 굽은 골목에 들어 담장과 담장 사이를 어슬렁 거리는 저녁때

어슷하게 열린 대문 너머 간장 종지처럼 습습한 그늘 이 내린 마당이 있고

마당을 찰랑이도록 작은 화분들과 조금 큰 화분들 이 그 집 안식구의 솜씨처럼

반듯하고 말쑥하게 서서 이제 지붕에 내리고 또 마당 으로 고이기 시작하는

저녁 어스름을 마중하듯 그 넓고 뾰족한 잎들이 저녁 의 눈썹처럼 가지런해지는데

목화 두 송이 피어, 한 송이는 크고 한 송이는 작아서

저녁참에 마당에 나와 선 그 집 내외 같기만 하여 흐 흠, 잔기침도 해 보고

부러 닳은 구두 굽으로 바닥도 탁탁 굴러 보기도 하 는데

이쯤이면 누구요, 하고 처마 끝에 등 하나 반짝 켜질 법도 하건만

이제 지붕에 내린 어둠이 마당을 거의 다 물들여 가

도록 목화 두 송이는

　꼭 그만큼 사이를 두고 피어서 마침 8월이라 먼 데서 서늘한 바람도 일고

　저녁 어스름도 푸르스름하게 깊어 가는데 저기 아래 골목에서부터 탁탁탁탁

　느리게 걸어온 걸음이 내 등 뒤에 와서 들숨 날숨을 번갈아 서너 번이나 부려 놓고는

　그 집 사람들 천둥이 떨어져도 못 듣는다우, 하고는 또 탁탁탁탁

　위쪽 골목으로 선한 짐승처럼 멀어져 가는 것을 맑은 눈으로 지켜보다가

　목화 두 송이가 아직도 거기 농아처럼 피어 있다는 것을 거듭 확인하고는

　내가 그 집 대문을 탕탕 두드려 보아도 간장 종지 같은 그 집 마당에 고인 어둠은

　오늘 저녁에 대문 밖에서 한참을 서성거렸던 나와 내 저녁을 모를 것이기에

　마지막으로 마당에 목화 핀 집 대문을 가만히 두드

려 보다

　돌아서서 골목을 돌아 담장 없는 큰길에 나서기까지
마음으로도 돌아보지 아니하였다

공재恭齋의 비숲

오전에 볕 들더니 점심참 지나자 검은 구름이 끓는다
우북하게 끓다가 퍼붓는다
옹색하기 그지없던 모래사장이 먼저 빗줄기에 튀고
이내 썰물의 개펄 위로 비숲이 선다
저만큼 떠 보이던 갯섬이 희부연하더니 비숲에 가라
앉는다
집집마다 내걸었던 미역 줄기를 걷어 들이느라 고요
한데
비를 머금은 미역 줄기는 빠각빠각 물 먹은 힘을 써
댄다
공재라고 호를 붙인 윤 모의 고택이 재 너머에 있다는
이야기를 듣고도
발바닥이 물러지도록 걸음을 놓지 못했더니
오늘은 비숲에 밀린 바람이 낭창하니 재를 넘는다
손바닥을 적시며 헤집어 본들 내 눈은 번번이 비숲에
가로막히고
비숲 가운데에서 그이의 자화상을 본 듯도 아닌 듯도
하다

개펄 위로 촘촘하게 선 빗줄기를 일러 우림雨林이라
고 부르는 건

안채에 청우재聽雨齋 편액을 달아 올린 공재의 뜻을
품어서일 게다

재 너머에서 빗소리를 듣고 있었을 그이와 그이의 식
솔들에게

남쪽 이 궁벽한 갯가에서 듣기로는 이만한 게 또 있
었을까

공재의 우림은 비의 숲이 아니라 비숲이어야 하고

공재가 들었던 빗소리는 소란하나 심란하지는 않아
야 하고

공재의 귓바퀴가 개펄이 빗줄기를 머금는 형상처럼
오목하게 젖어들어야 하고

귀를 막아도 공재의 몸 어딘가에서 찰랑찰랑 일렁거
려야 하고

공재의 안광眼光은 세상이 아니라 이 개펄의 비숲을
노려 서늘해져야 하고

또……

그이의 자화상을 닮은 사람들이 비숲을 헤쳐 개펄을 넓히고

　밀물을 부르고 배를 내고 망망한 데 이르면 닻을 내려

　바로 여기가 세상의 중심이라고 항변이라도 해야 하는 것처럼

　지금 비숲이 끓는다

　재 넘어간 바람은 저물도록 돌아오지 않는다

예리성曳履聲

그해 가을
내가 어느 섬 작은 처마 밑에 세 들어 살 때,

선착장에서 가장 먼 집
섬에서도 가장 높은 집에 얹혀살 때,

골목과 골목이 분기하다가 딱, 매듭을 짓던 집
기세 좋던 골목이 슬그머니 꼬리를 사리던 집에 빌붙
어 살 때,

그 가을 내내
하룻밤에도 열두 번씩이나
그 길다는 골목을
오르내리던

예리성

그해 겨울에도

눈 폭풍처럼 그 집 작은 창문을 흔들어대던,

내가 어깨를 옹송그리며 골목을 걸어갈 때에는
돌담 그늘 같은 곳으로 숨어 버리던,

이틀이고 사흘이고
두꺼운 이불을 둘러쓴 채
내게
19세기 러시아 소설을 읽게 만들었던,

섬 뒤편 대숲에서
댓잎으로
허벅지 안쪽 살을
스윽스윽
베듯
혼자 아프게 귀 기울여야 했던

예리성

폭설 아침

한 점 눈송이가 이마에 닿던 저녁이었다
한 그릇 국수를 뜨겁게 말아 들고 찬 마루에 앉으니
먼 숲에서 발목 굵은 짐승 소리가 우레우레 건너왔다
먹장 같았다
초저녁에
아래채 늙은 총각이 손바닥에 투투 침을 뱉으며 와
서는
이 빠진 도끼를 빌려 갔다
눈발이 굵어지더니
덫을 놓듯 골짜기마다 희고 단단한 발자국을 눌러 놓
았다
썩썩 도끼날 벼리듯 문풍지도 긁어댔다
이런 날에는 아침이 이르고 맑고 나지막하다
어느 틈에 가져다 놓았는지
헛간에 기대 놓은 도낏자루에 몇 점 짐승의 피가 식
어 가고 있었다
눈을 돌리니
아래채가 털 굵은 짐승처럼 꿈틀대는 것도 같았다

어머니가 가벼운 아침을 차려 내올 때
늙은 총각이 주섬주섬 뒷간으로 들어서는 것을 보았
다
모처럼 뜨거운 고깃국을 뜨는데
폭설 같은 울음이
올가미처럼 목을 꽉 조여 오는 것이었다

어미가 밥을 안치는 저녁

늙은 어미가 밥을 푼다
이혼하고 돌아와 말없이 먹는 밥은 뜨겁다
밥숟가락이 흰밥을 떠
약간 흰 허공을 날아 내 입속으로 들어오는 사이
흐린 텔레비전에서는 밥숟가락 같은 혜성이 또 다른
허공을 날아간다
60년 만에 혜성은 지구를 지나간다
나는 한 생이 60년이면 충분한 이유를 알 것도 같다
어미는 이미 한 생에 또 한 생을 얼마쯤 덧살고 있고
이혼한 나는 한 생에 미치지 못했다
그 알량한 생이 궁금해
오늘 밤에는 혜성이 늙은 어미를 향해 달려오고 있다

어미가 밥을 안치는 저녁이 지나면, 늙을 일도 없을
것이다

2부

얼룩 한 점으로 물 말라 가는

먼 오동

담장 아래 심어 두었던 오동이 처음에는 내 방문 앞에 그림자를 걸치었다 겨울 나는 사이 그예 들창 이마까지 가지를 뻗어 가을에는 아예 뿌리째 옮기었다 어젯밤에는 시를 쓰는 내 귓등 언저리에서 기웃거리다가 발톱 깎는 종아리에도 엎혔다가 아랫목까지 늘어져서는 가만히 돌아앉아 몸을 벗으며 수작을 붙이어 왔다 그 간잔지런 시늉을 어쩌지 못하고 하룻밤 끌어안고 새웠더니 오늘 아침 안주인 행세를 차지하였다 꽃 피는 철에도 잎 지는 철에도 마당 귀퉁이 그 오동과 더불어 살았으면 좋을 듯하였다 비 오는 날에는 온종일 수런거리도록 귀를 열어 두고 바람이 들면 철렁 어느 먼 사람의 가슴을 주저앉혀 보기도 하면서 눈을 몇 됫박이나 둘러쓰고는 이제 막 선잠을 깬 무뚝뚝이처럼만 그렇게 껌벅껌벅 살아 보고 싶어졌다

6월 5일
　—새벽에 빗방울이 잠깐 후득이다 그쳤다 어제보다 날이
일찍 새는 것 같았다

　감꽃이 피면, 이라고 써 놓고는 감꽃 시절 지났음을
깨닫는다 살구꽃은, 이라고 써 보고는 살구꽃 피는 계
절도 놓쳐 버렸다 복숭아꽃은 벌써 열매를 맺었고 자두
꽃도 졌다 감귤꽃 한창이더니 포도꽃도 끝물이다

　땅 한 평 없이 아파트에 눌러앉아 혼자 꽃 피고 지는
철을 더듬어 보다가 늦은 조문처럼 잔뜩 어깨가 숙어서
는 상록수 화분을 닦는다 철모르는 아이들이 초인종을
눌러대고는 후다닥 달아난다 오늘만 벌써 두 번째다 엘
리베이터는 부르는 대로 13층에도 멈췄다가 8층에도 닿
는다 704호 아줌마가 짧은 치마를 꺼내 입고는 재활용
품을 분리수거 하고 있다

　먼 언덕 아까시나무 군락이 하얗게 덮인다
　이제 어딘가에서 모과꽃 피겠다
　모과꽃 지면 더위가 기승을 부릴 것이고
　계곡물도 서늘해질 것이다

올해 남은 꽃들은 더위나 지나야 어떻게 망울이라도
맺어 볼 것이다

가지꽃 피는 사흘이라면

사흘째 안개가 내려 저녁이 저물지 못했다 텃밭에 두
고랑 심은 가지 나무에 가지꽃 곤두서고 가지꽃 사이로
보라의 안개가 저녁처럼 몰려다녔다 안개에게 가지밭
은 재림의 대지 안개는 가지꽃마다 사흘 뒤에 돌아오겠
다는 신탁의 점을 찍듯 보라의 눈을 들여다본다 그런들
가지꽃은 보라

보라의 꽃
가지의 눈동자 속에서
저녁 없는
사흘째 안개

장인 제사에 간 아내가 친정에 며칠 눌러앉을 요량으
로 낮에 전화를 걸어 왔기에 가지꽃 피었다고 일러 주었
다 아, 하는 아내의 목소리에서 문득 장인의 얼굴이 떠
올라 가슴이 묽어졌다

여전히 저녁 없는 저녁에 가지밭에는 안개

안개 속에 가지꽃
보라의 꽃

　가지꽃 떨어지고 나면 저녁이 꽉 들어찬 가지가 열릴
것이다 사흘의 약속처럼 보라의 가지꽃 지는 일이 재림
의 기적을 일으킬 것이지만

　그러나 저녁도 없이 캄캄해지는 일은 유언 없는 죽음
일래라 매일 밤 經을 통독해도 헤어날 수 없는 안개의
시간이 될 것이니
　사흘째 안개가 내려 저녁 없는 저녁이다

정유丁酉, 8월 17일

—낮에 사촌 빈이 처 될 여자와 다녀갔다 이 씨였고 본관
은 전주라고 했다 이마가 가을처럼 반듯하였다 마침 담가 놓
은 갓김치가 있어 나우 싸 주었다 오후 내내 기울어진 대문
을 수리하면서 내려앉은 지도리를 바로잡았다

잠자리가 물을 찍고 가는 것을 보고는 손 마디를 짚
어 보았다
가는 절기 뒤에 오는 절기가 있었다
늙은 상수리 잎이 몸을 옆으로 누이며 마른 소리를
냈다
상수리가 여물었다는 뜻이었다
담 너머 황 씨네 마당에서 희아리 한 줌이 마르고 있
었다
오전에 보건소에 다녀오는 기척이더니
오후에는 황 씨 지팡이가 내내 마루에 기대어 있었다

인시寅時에 풀벌레가 울었다
울타리 옆 한 줌 풀숲에서였다
정유년
다시 찾아든 가을밤이었고

풀벌레는 서늘한 그늘에서 허리를 굽혀 倭倭倭倭 울
었을 것이다

어제 떠나지 못한 사람

나는 지금 앵두나무 아래 서 있다 봄날처럼 앵두나무는 무성한데 앵두는 없고 글썽하게 앵두를 훑던 바람만 갈팡질팡이다

지금 앵두나무를 지탱하는 건 자기 뿌리를 향해 무너지는 앵두의 그림자들, 그림자들을 밟고 가는 맨발들, 맨발들 위로 다시 솟아난 종아리들, 끝이 뾰족한 풀잎들

누군가 밤새 파헤치다 만 앵두나무 뿌리를 들썩이며 나는 앵두를 물들이던 붉은 저녁에 대해 생각한다

대배우 마릴린 먼로 말고는 떠올릴 사람이 없다

오로지 붉은,
생각만으로도 출출하게 흘러내리는 봄날
더는 머물 수 없어

나는 어제 떠나지 못한 사람처럼 앵두나무 그늘에
서 있다

부안

─한 사람을 따라 부안에 들었네 진눈깨비가 부안의 이
마를 하얗게 저미어 가는 저녁이었네 문설주 낮은 바깥채에
무릎을 가지런하게 모으고 앉으니 댓돌에 벗어 놓은 신발에
도 진눈깨비가 기웃거리네 그 신발을 끌고 걸어온 길이 그 사
람의 길이었네 그 사람, 안채에 들어 삼 년이 지나도록 돌아
나올 기척은 없고 댓돌 위에 벗어 놓은 신발이 파랗게 삭아
지도록 갯바람은 불었네 무릎을 꿇어앉은 바깥채 사람을 두
고 온 부안이 소리를 죽였네 한 사람이 부안에 들어 부안이
되고 말았네

　부안에서 한철 나는 일이 물 마르는 일인 듯도 하이
　어떤 하루는 종일 습하게 번지다가도
　그럭저럭한 날에는 갯바람에 빗장을 헐어내듯 새삼
스러운 얼룩만 남으이
　열흘 가운데 아흐레는 무릎을 꿇어 견디고
　나머지 하루만 간신히 발바닥으로 몸을 건사하는 일
도
　부안에서의 일인 듯싶으이
　썰물의 개펄에 발을 디디면
　새삼 허리를 곧추세우는 일이 하늘을 짊어지는 일인

가도 싶고

하얗게 소금꽃 핀 눈썹을 치켜드는 일도

먼바다에 부려 놓고 온 부안의 닻을 끌어올리는 일만 같으이

진눈깨비로는 닿을 수 없는 바다의 바닥에서

어쩌면 낙조로 혼자 울다가 섬이 되었을 부안 사람처럼

부안에 들고 부안에서 부안을 섬기는 일이

변산 어느 낮은 산자락의 일만은 아닌 듯도 싶고

해조음에 잠이 깨 마른 손바닥으로 들창을 밀어 놓으면

무슨 짐승 같기도 한 별자리들이 금방이라도 달려들 듯 퍽이나 글썽글썽도 하이

손가락으로 부안의 별자리를 짚다가 문득 턱을 당겨

격포나 모항 어느 모래톱에 숨을 놓는 파도의 기세를 헤아리다가

그렇지, 온통 바다

부안 사람 같은 눈 시린 바다를 혼자 몰래 품었다가

또 풀었다가

　그대로 삭아 주저앉은 신발 한 켤레의 무게로 잠이 들었는가도 싶으이

　잠결에 꼽아 보니 부안에 든 지 만 하루가 빠지는 삼년

　부안에 들고자 하였으나 끝내는 부안의 바깥채로 남게 되었으니

　이만하면 부안에서 한철 나는 일이 얼룩 한 점으로 물 말라 가는 일이 아닌가 싶으이

11, May

저물녘에 강변을 따라 산책을 나선다

적당히 자란 풀잎이 둑을 덮었다

손가락 굵기의 새끼 뱀이라도 기어 나올 것 같다

엊그제 내린 비에 강바닥에도 물살이 차올랐다

아침참에 차려입고 나간 양조장 새각시 몸 씻은 물도
보태져 있을 것이다

겨드랑이에 곱게 접어 낀 흰 양산처럼

젖은 종이들이 강둑을 끼고 한 장 한 장 떠내려간다

누군가 쓰다 찢어 버린 연애편지였으면 좋으련만

철 지난 꽃잎처럼 벌써 저만치 흘러가 버린다

맞은편에서 거슬러 올라오던 사람이 인사도 없이 스
쳐 가고

귀를 채운 낯선 음악이 차다

산 그림자가 이만큼 드리워서 오금에도 무섬증이 인
다

이어폰을 꽂은 귓바퀴를 따라 노을이 저문다

반쯤 벌린 입술로 흥얼거리는 노랫가락이 숨죽인 강
물처럼 헐겁다

얼마나 희미한지 낮은 곳을 향해 손을 모으고 싶을
정도다

강물의 속도를 가늠해 보며 애써 맞춰 걷는 동안

풀숲에서 무슨 소리가 잠깐 들린 것도 같다

배를 깔고 엎드린 짐승도 눈이 말갛게 두근거리고 있
을 거다

풀잎들이 그새 빳빳하게 저녁을 맞이하고 있다

마을까지는 조금 더 걸어야 하는데 아무래도 강물을
그냥 보내기가 서운타

맞아도 아프지 않을 만한 돌멩이 하나 훌쩍 던져 놓
고

강물의 기척을 가늠해 본다

귀가하는 양조장 새각시의 종종걸음이 사무치도록
희미해진다

예보
―권태

삼겹살집 입구에 벗어 놓은 신발들처럼 내일의 점괘를 내다볼 줄 아는 저녁이 왔다 가지런하게 선 구두와 그 옆에 넘어진 하이힐 한 짝이 소나기를 기대하게 한다 어쩌면 누군가 홱 뒤집어 놓은 슬리퍼 때문에 황사가 닥칠지도 모른다

고기를 굽는 사람들은 동그랗게 둘러앉아 기껏 지나온 날들을 난도질할 뿐, '해괴한 날씨의 이별과 아무도 만진 적 없는 사월의 눈동자'에 관한 연구보고서의 표절은 모른 척한다 또 있다 흰 운동화를 열두 번 짓밟은 후 눈을 세 번 감았다 뜨면 신발 주인의 행운을 훔칠 수 있다는 괴담도 모른 척한다

그들이 옳았다

신발들은 자기들이 어떤 불운을 이끌고 왔는지 관심 없다

한걸음

한걸음

뒤축 무너진 점괘를 밟으며 저녁은 스밀 뿐

어둠은 하염없이 돋아나는 권태가 되기에 손색없다

장설

이런 날 누군가는 태어났다고 하고 누군가는 죽었다
고 한다

그런 소식이다
밤새 내린 눈이 또 저녁이 되기까지 그치지 않는 건
발목 덮는 일쯤이야 별일 아닌 듯
무릎 묻는 일쯤이야 별일 아닌 듯
허벅지를 지우고 허리와 가슴 언저리까지
눈이 눈을 덮는 일이다

이런 날
제주 사람들은 바다 쪽으로 등 돌리고 잠든다고 한
다

잘못된 것이 잘되는 일보다 잘된 일이 잘못되는 경우
의 수를 다 셈하기 전까지
눈은 그치지 않을 것이고

살아생전, 이라는 말처럼
어떤 후회가 산등성이를 넘어 자욱하게 밀려들 것이
다

장설이라,
조촐한 밥상을 앞에 둔 성당 주임신부의 기도를 전해
듣듯

낮게, 더 낮게, 좀 더 낮게
엎드리는 일이 남았다

기억을 배우는 교실

열리지 않는 책을 알고 있습니다
두 사람이 뜨겁게 사랑했던 순간을 기록한 책이죠
책 제목은 희미하고
공동 저자의 약력은 알 수 없습니다
그래도 교실에서는 책을 배울 수 있습니다
십일월의 숲처럼
책의 밑천은 저절로 드러나니까요
열리지 않는 책을 겨드랑이에 끼고
긴 복도를 걸어 봅니다
책 표지를 만지작거리는 기분으로
바람에 묻어 온 언어를
툭툭 털어낼 줄도 압니다

—카불에서는 테러가 있었고, 나는 눈을 감았습니다

모욕감처럼 책은 무겁습니다
모두 치매를 걱정한다지만 책은 열리지 않습니다
갑자기 삶이 판권지 없는 책 같다고 생각합니다

등록되지 않은 삶이라고,
차트에 휘갈깁니다
선생님은 아직 도착하지 않았습니다

—아내가 다녀갔다는데 나는 결혼한 적이 없습니다

자화상

—이중섭, 1955년 종이에 연필 48.5×31cm

꿈에 중섭의 아이들을 만났다
사나흘 전에 큰 눈이 내린 듯 처마 끝이 꽁꽁했다
중섭의 아이들은 빙판 같은 볼을 하고 있었다
드러낸 아랫도리가 퍼랬다
아이들은 연신 고개를 치켜올려 하늘을 쳐다보고는
그새 땅바닥에 엎드려
곱은 손가락으로 동그라미를 그리고 있었다
하늘을 그린다고 큰아이가 말했다
새를 그린다고 작은아이가 말했다
아이들의 뒤통수를 내려다보며 중섭이 가난을 끄덕
이고 있었다
겨울 하늘이
쓱쓱 스케치해 놓은 아이들의 얼굴답게 짱짱했다
또 눈이 퍼부을 듯
중섭은 눈이 까맸다 목탄처럼 까맸다

판잣집 화실
―이중섭, 종이에 수채와 잉크 26.8×20cm

저녁에 만난 중섭은 노란 물감을 찍어 바르고 있었다

가난을 쥐어짜다 못해 밑바닥까지 게워낸 색이었다

부엌에는 그을린 냄비에서 물이 끓고 있었다

건더기도 없이 밑간도 없이 맹물이 펄펄 끓어대고 있
었다

찬장에는 오목한 것들이 그릇 시늉으로 포개어 있었
다

문짝은 헐거워져 바람도 우악하게 밀어붙이지 않았
다

가만하게 붓질하는 중섭처럼

굶주림이 판잣집 화실에 수채와 잉크 26.8×20cm짜리
로 깊어 갔다

아침에 만난 중섭은 봄옷을 꺼내 입고 있었다

서귀포에는 음이월이면 벌써 유채가 여문다고 그랬
다

중섭이 가을에 입었던 옷이었다

겨울에도 본 적 있는 옷이었다

중섭이 가위로 까끌해진 턱수염을 덜어내는 사이

오늘은 배가 들어올 거라고 이웃 늙은이가 부러 다녀
갔다
은종이에 떨어진 턱수염 가닥처럼 짧은 해가 났다
뒤축 없는 신발을 꿰는 중섭의 뒤꿈치가 동그랗게 닳
았다
세 해째 쓰느라 몽당해진 붓털 같았다

은종이 그림
—이중섭, 15×10cm

두 아이는 울상이고 한 아이는 파안이오

파안의 부랄이 똥구멍까지 늘어져 검은 흙바닥에 솟은 민들레 꽃대처럼 섰다오

울상들끼리는 겨드랑이를 나누어 끼고 슬슬슬슬 게걸음을 걷기도 하오

파안과 울상들 사이,

은종이 구겨진 자국들이 부릅뜬 눈동자처럼 사각거리는 소리를 듣고 있으면

이곳이 비로소 남쪽인 줄 알게 된다오

그래도 아직 서귀포는 멀리 있고

오늘도 은종이 한 장에 온 생을 몰아넣고 말았다오

저물녘에는 남덕*이 어디쯤인가, 하여

또 울상의 아이들을 끌고 밀고 언덕까지 가 보았다오

파안은 캄캄한 흙골목에 남겨 두었다오

일일이 미안하다,

면목 없다,

할 말이 없다 따위는 우리가 하루 한 끼라도 먹으면서 생활을 시작한 뒤의 문제가 아니겠소**

은종이 같은 저녁을 끓여다가

　울상도 파안도 둘레둘레 앉아 근래 열흘의 생활을

손가락에 걸어 보았다오

　그 열흘 바깥에 남덕이 있고

　이제는 울상도 파안도 모두 눈 감고 잠이 들었소

　내일에는 서귀포로 가 보아야겠소

* 이중섭의 아내

** 이중섭의 편지에서

3부
브레히트 서사극의 단역배우처럼

보풀이 있었고, 해가 죽는다

보풀이 있었다
악당 같았다

무거운 재단 가위에 손가락을 끼우자 구름에 가렸던
해가 났다
　당신의 어깨가
　재단 가위 끝에서 보풀처럼 곤두선다

보풀도 올이라고 말해 준 당신에게 도리어 묻고 싶다
　올보다는 가닥이 어떤지
　올에게는 차가운 가윗날을 들이대지 못하겠지만
　가닥이라면, 숨을 끊듯 툭 잘라내도 좋지 않겠는지

보풀이 되기를 갈망할지도 모르는
　한 벌의 옷을 펼쳐 놓고
　한 올 한 올 짜 올린 숨은 핏줄을 찾는 어린 간호사처
럼
　보풀을 겨누는 일은

또 망설여지는 일
보풀을 두고 누군가 실밥이라고 간절하게 말해 주었
기 때문이다
밥을 함부로 잘라 버려도 되는 것일까

무거운 재단 가위를 들고
보풀이 눈송이라면 혼자 무너질 때까지 기다릴 수 있
겠다
보풀이 꽃눈이라면
낙화, 그래 낙화의 순간까지 무심할 수 있겠다

뭐, 이런 생각을 해 본다

보풀이 악당이 아니라면
무거운 재단 가위가 무슨 소용이겠는가
당신이 숨을 쉴 때마다
내 심장에서는
보풀이

일었고

악당을 모르는 당신의 어깨 너머에서 해가 죽는다

발치

집에서 이를 뽑는다
서너 달 견디다가
점심 먹고 홧김에 손가락을 넣어 윽박질렀더니
우지끈 뿌리가 들렸다
보리 벨 때까지 울 안쪽에 무성하도록 두었다가
장마 무렵
울 밖으로 내다 옮기던 잔대 모종처럼
어금니는 무르고
한낮은 뜨겁고 하얗고 시끄럽다
욱신거리는 별거의 날들처럼
생활은 뿌리부터 들뜨고
흔들리고
결국에는 두 손 들고 마는 저녁이 온다
울 없이 살기를 몇 년인데
벌겋게 약이 올라 밑천을 뽑히면서도
이는 흐리고 고독하다
마당에 스미는 어스름을 맨발로 쓸어내다가
가난한 저녁을 지붕 너머로 힘껏 밀어 올려놓고는

애꿎게 빈 잇몸을 더듬어 본다

아내 없는 밥상처럼

오늘은

허기지고 메마르고 궁금하게 지나간다

습속

해 지는 것을 기다려 빨래한다

거품을 일구고
헹구고
부연 물을 가시고
물이 뚝뚝 듣는 빨래를 마당 가운데 넌다

저녁에 빨래하는 것은
습속 같은 것

가벼운 전등을 매단 부엌에서
한 줌 속옷을 주무르는 일은
내 살을 어루만지는 일

낡은 팬티가
모양 없이 달빛에 말라 가는 동안
방에 들어 접어 두었던 책을 읽는다

저녁에 책을 읽는 일도
습속 같은 것

빨래하고 책을 읽는 독신의 저녁

부엌에 끄지 못하고 나온 전등이
홀로 밝은 것도
습속이라고 해 두고 싶다

오후

오전에 세탁기를 돌려 식구들 빨래를 널었다
점심 먹고 돌아서는데
세탁 바구니에 속옷 한 장이 남아 있었다
재작년 결혼기념일에
아내가 혼자 사 입었다는 분홍색 속옷이었다
여름옷들은 건조대에서 벌써 하얗게 말라 가고
안방에는 읽다 만 소설책이 갈피를 물고 있었다
가만히 거실을 서성거려 보았다
두 시쯤 한쪽 다리가 저릿하더니
세 시가 넘어가자 옆구리가 쏙쏙 결리는 것 같았다
명치끝에 딱딱한 것도 잡혔다
작년 건강검진에서 대장 용종 떼낸 것이 생각났다
베란다 창문을 활짝 열자
아쉬운 대로 가을 기운이 묻어났다
설거짓거리 없는 개수대의 물 얼룩을 닦다가
부엌 창틀에 엉긴 기름때를 벗기고 나니
다섯 시였다
그래도 속옷 한 장이 머릿속을 떠나지 않았다

징글징글하다 싶었다
욕실에 쪼그리고 앉아 아내의 속옷을 빨고 나니
내내 비벼댄 손등이 벌겋게 부어올랐다
지금 널어놓아도
저녁참에는 고실고실하게 말라 갈 것이었다

다시 울기

오늘, 다시 울기로 하자
어제까지의 울음은 곡哭에 불과했다
어깨를 들썩이는 일이 없도록 하자
눈이 퉁퉁 붓도록
혹은 콧등이 뭉개지도록 발악하는 일도
악다구니도 그치고
한 시절이 떠들썩했더라는 후일담이 없도록
울자,
횡설과 수설에 갇혀
부끄럽게 우는 울음은 울음이 아니다
청승도 울분도 없도록
울되
아침저녁으로 울음을 익히는
짐승들처럼
우리도 때때로 배우고 다지는 울음을 울도록 하자
서로 호응하는 공명共鳴이랄지
제풀에 울어 버리는 자명自鳴이랄지
그런 울음,

우리가 잘할 수 있을까 의심스러운 울음,
밤마다 우리의 머리맡에 꾹꾹 눌러 놓고 가는
명鳴의 울음을
누군가 흰 손바닥으로 울음을 받아 갈 수 있도록
맑고 찰랑거리는 울음을 울자
그러자면
마른 갈댓잎이라도 질끈 악물어야 하리라

버스

버스를 타는 일은 독일어를 배우는 것처럼 고단하다

하인리히 뵐 소설은
지루하고
버스 속 사람들은 상투적이거나 전형적이다

버스는 베를린 뮌헨 드레스덴 함부르크 라이프치히 쾰른
그런 도시를 달리는 대신

중앙로나 효자로 같은 오래된 길을 달리며
누비며
올해 개교 70주년을 맞이하는
고등학교 학생들을 어르고 달래고 돋우고 부추기느라
자주 신호를 무시한다

그럴 때 버스는 도시를 조롱하는 기분이다

알레르기나 노이로제가 독일어라는 것을 알았더라
면 덜 난폭했을지도 모르지만

버스는
브레히트 서사극의 단역배우처럼 끄떡없이
골목마다 무심해지고
골똘해진다

그럴 때 버스에 탄 사람들은 압도적으로 살아가게 된
다

저녁 노래

발목에서 그늘이 자란다는 소식 들었습니다
겨우내 귀가 어두워졌다는 풍문에 붙어 왔더군요
염려, 라는 말을 떠올렸습니다
이리저리 마음 굴리는 일이 몸의 그늘이 아닐는지요
근심, 이라는 말도 떠올렸습니다
속앓이를 하는 일이 또한 마음의 그늘이 아닐는지요
염려와 근심의 무게에 눌렸을 발목을 생각해 보았습
니다
엎어 놓은 그릇처럼 뭉개지는 저녁이었지요
밥을 안치고 도마를 닦아내는 동안에도
여름 소나기처럼 단단했던 당신의 발목에서 그늘이
자란다고
작년에 겨우 예순 살이 된 막내가 하룻밤을 울다가
갔습니다
온 생애를 주저앉히던 당신의 염려와 근심이
마침내 제 갈 길을 찾아가는 일이라고 다독여 주다가
서로의 발목을 짚어 보았습니다
당신을 닮아 서늘하고

푸르스름한 발목을 가졌다고 잠깐 웃었습니다

이런 족속들입니다, 우리 형제는

당신 발목에 얹힌 마디처럼 다정할 줄 모르고

자주 접질리고

유치장에서도 부끄러움을 몰랐던 불능이었습니다

당신의 발목에서 그늘이 자란다는 소식으로 불면하
는 저녁

일흔을 목전에 두고도 그늘 한 점 없는 발목을 자책
하다가

간신히 그릇을 바로 돌려놓습니다

당신의 발목 같아서 그릇 가득 밥을 담아 봅니다

당신 없는 세상에서 먹는 첫 밥이

뜨거운 그늘처럼 목에 얹혀 단단하게 마디 지는 저녁
입니다

연필

내 스무 살 서랍에는 연필 한 자루가 있지
갯벌에 박힌 폐선처럼
연필은 혼자 삐걱거렸고 혼자 골똘했지
그 연필로 산을 그려 보는 날에는
산이
오를 수 없는 고독처럼 뾰족했고
몇 줄의 문장이
산등성이에서 미끄러져 골짜기마다 까마득했지
하루는
옆집 애에게 연필을 빌려주고는
늦은 햇살이 내 발등을 기어오르는 것도 몰랐지
까짓, 스무 살이니까
발등에서 벌겋게 노을이 타오르는 것쯤은 아무 일이
라는 듯
연필은 까맣게 저물었고
옆집 애에게서 무성의한 연애편지가 날아들었고
무뚝뚝해진 연필심처럼
나는 쓱쓱 쏘다니다가 무심했다가 무관했다가

노래할 줄 모르리라,
온 저녁을 그러쥐고는 다짐하고 다짐했지
스무 살이 닳아졌다는 생각처럼
서랍이 닫히고 가여운 저녁이 서성거리고
까짓,
뒷모습만이라도 내가 되기를 거부하면 안 되나?
폐선의 늑골을 동강거리는 밀물처럼, 연필은
불가능해지면 안 되나?

지리멸렬한 음표가 될 수 없었으므로
까짓, 연필은 쉼표 없는 악보가 되면 안 되나?

난민들

강가에 돌멩이처럼 동글동글하게 웅크린 것이 있다
북쪽에서 날아온 오리들이다
오리들은 차갑고 다정하고 고요하다
오리들은 눈꺼풀이 없어 잠을 모르고 글썽일 줄도 모
르고
북쪽을 바라보며 아련해할 줄도 모른다
난민들처럼
오리들은 훌쩍 떠나는 것이 습관이 되었다
지금 강가에 웅크리고 있는 것도 사실은 떠도는 중이
다
밤이 되면 오리들은 붉은 발등을 문지르며
잔등에 서리가 곤두서는 것쯤은 아랑곳하지 않는다
오리들은 입국심사장에서 만났던 노동자처럼 고분
고분하다
모르는 것이 많고 무기력하나 두려워할 줄 모른다
누군가 오리들을 향해 돌을 던져도
오리들은 동요하지 않고 외로워하지 않고 미안해하
지 않는다

강가에 행성들처럼 견고하게 박혀서

오리들은 또 어딘가로 떠날 궁리에 골몰해 있다

12월이 되면 등이 헐거워지는 달력처럼

오리들은 아무것도 기약하지 않고 기억하지 않는다

오리들은 시리아 출신 난민 함단 알셰이크를 알 리 없
고

내전이나 폭동 같은 말도 모른다

강이 얕은 곳부터 슬금슬금 얼어붙어도

오리들은 겨드랑이를 딱 붙이고 엎드려서 금 가지 않
을 자세가 된다

입국심사대 앞에 선 소년처럼

아슬아슬하다거나 두근두근하다거나

서먹서먹해하지 않고

전 생애를 걸고 맹세할 수 있는 약속이 하나 생각난
듯

스스로 혹독해진다

밤, 밤

내일까지는 불을 켜지 말아 주세요

오늘은 열여섯 살, 내일이라는 미신을 믿기로 시작한 날이죠

맨홀 뚜껑 위에 까치발을 딛고 허리를 세우면
하루에도 십 센티미터씩 키가 자란다는 말, 믿을게요
어제 자전거 바퀴가 밟고 지나간 발등이 퉁퉁 부어 올라도
추한 표정은 내 일이 아니라고 생각할게요

밤은 손톱 밑에서 무럭무럭 자라고, 시시한 것들의 목록이 차곡차곡 쌓인 괘종시계는 새벽이 되어도 울지 않아요
오늘처럼 울기 불편한 날들이 또 있을까요?

난간에 매달린 물방울에게 휘발과 증발 중 하나를 선택하게 할 수 없는 것처럼

열여섯 살은 낙하하기 좋은 날이죠

안개 같은 것들, 좋아요

그럴듯한 윤곽 같은 건 없다는 각오로 색을 지우고
선을 뭉개고 빛을 흐릴 때
바스러지는 건 내일이고,
미신을 믿기 시작한 것은 내 일이고,
이진법 십진법 십이진법처럼 딱딱 떨어지는 세계 말
고, 십육진법처럼 분탕질할 수 있는 세계에서 태어나고
싶어요

밤, 밤의 시민권자로 태어나고 싶어요

그러니 제발, 열여섯 살 제단에 불을 켜지는 말아 주
세요

성당 부근

나는, 이라고 먼저 말머리를 끄집어내는 사람을 압니
다
성당을 올라가는 길이었지요
그가 나는, 이라고 먼저 말을 걸어 왔을 때부터
성당 첨탑은 높고
붉고
헐벗은 날들을 예감했었습니다
그는 두 주먹으로 주머니를 눌러대며 언덕을 내려가
고 있었습니다
하루가 가듯, 그의 걸음은 느렸고
그의 어깨 위로 언덕이 무겁게 얹혀 있었습니다
나는…… 멀리 갈 겁니다…… 멀리……
그가 말했고
나는 고개를 들어 언덕 위 성당을 보았습니다
늙은 성자처럼
성당은 우둔하고 고집스럽게 서 있었고
성당에 등을 돌린 채
그는 언덕 아래 캄캄하게 저물어 가는 판잣집으로 내

려가는 중이었습니다

그를 만난 곳이 성당 부근이라면

그와 헤어진 곳은 판잣집 부근이라는 맹세 옳습니다

그곳에서 나는, 이라고 입을 뗄 줄 아는 사람을 만났고

헤어졌습니다

판잣집에서 언덕 위 성당이 멀리 보이듯

그는 약속처럼 멀리 갔을 겁니다

성당에서도 판잣집은

성당 부근 언덕을 내려갔던 그의 행색처럼

캄캄하고 보잘것없게 드리워진 그림자로 보였을 겁니다

성당과 판잣집 사이에 그는 없습니다

나는, 이라고 말할 줄 아는 사람과 다시 만날 수 있으려면

성당은 좀 더 분발해야 할 것입니다

성당 부근으로 빈약한 가호가 붉게 내리는 저녁입니다

호젓한 구월

석양의 호숫길을 걷는 동안 나는 무대에 오른 광대의
기분으로 웃었다

울었다
길도 외줄이었다

누군가 매일 떨어뜨리고 가는 생명처럼 붉었다가 어
두워지는 하루를 보내는 일이

그림자 같아서
그림자놀이를 하듯

자전거를 끌고 가는 아이들 뒤를 밟으며 밟히며 풀기
없이 시들어 가는 잔풀들을 뚝뚝 분질러 보았다

사람으로 태어나는 일이 매일매일 혈육을 여의는 슬
픔을 집행하는 형벌이라고
신은 말해 주지 않았지만,

그런 일쯤은
저절로 알게 되었다

내가 가장 사랑했던 저녁처럼 석양은 호수의 심연으
로 가라앉고
구월
산과 산 사이에 갇힌 호수의 둘레를 혼자 걸으면

보이는 것이 있었다
호숫길을 다 돌고 돌아가는 사람의 등짝에 고여 있는
어둠 같은 거
근심보다는 무심 같은 거

무대 뒤로 사라지는 광대의 웃음 없는 웃음 같은 거

여전히 내 삶은 팔월처럼 뜨거웠지만, 먼 호숫길을 돌
아온 구월 저녁
시에 얹히는 언어의 관절이 우두둑거렸다

입문
—죄를 위하여

사과 껍질을 깎기 위해서는 칼자루를 짧게 쥐어야 한다

칼날은
세상을 동강 낼 기세로 사과를 파고들어야 하고
과육과 껍질 사이
서먹한 여지를 남기며

날이 저물어 가듯 칼날의 숨을 죽여야 한다

문풍지를 잡아 뜯는 소소리바람도 잦아드는 밤

어느 행성이
불쑥
지구 궤도에 진입한 것처럼
사과 껍질은
둥근 절망으로 나동그라져야 한다

무릎에 올려놓았던 손수건이 무심코 흘러내리는 사
이
　　사과의 윤회는
　　농아처럼 캄캄해져야 하고
　　죽음으로 들어가는
　　문 앞에서

　　당신의 몸은
　　칼자루가 아니라 칼날 쥔 손을 만나야 한다

　　신혼 방 탁자 위
　　나무 쟁반에 담긴 사과 한 알과 칼날 얇은 과도가
　　정물처럼 흑백이 될 때까지는

서랍에 갇혀

밤사이 나는 서랍에 갇혀 뒹굴었네
서랍은
짧은 바짓단 아래 드러난 발목처럼 얄팍했네
배꼽 아래 짧은 목을 밀어 넣고
육각 연필처럼 서랍 깊숙이 굴러가 보았네
이대로 실종될 수 있기를……
서랍에 넣어 두었던
녹슨 칼날처럼
찾고자 했을 때 찾아지지 않기를……
서랍 끝 어딘가에는
실종으로 통하는 차원 다른 문이
있을 거라고 믿었던 날들처럼
서랍 속은 캄캄했네
동생이 서랍을 열고는 형이 안 보여요! 라고
멀쩡하게 중얼거리는 소리를
까마득하게 들을 수만 있다면
나는
천천히

서랍의 먼지가 되어도 좋을 텐데
서랍 속이 상자 속이 아닌 것처럼
나는 아무래도
먼지가 될 수는 없네
먼지는 서랍 속에서 진짜로 실종되는 것들의 비명
비명 하나 남길 수 없는 서랍 속에서
뭔가에 걸려 빠지지 않는 서랍처럼
나는 여전히 버티고 있네
매일매일 귀가하는
아버지처럼
아무 데로도 사라지지 못하고 있네

잔도棧道

아무도 찾아오지 않는 저녁이면 눈 닿는 공중에 잔도를 놓는다

공중도 벼랑이어서 딛고 설 자리 마땅하지는 않다

잔도는 무슨 세월처럼 간당거리며 공중을 건너고 그 아래 안개가 까마득하게 몰아친다

건너다는 말에서 지탱할 수 없는 여백을 읽어내듯 잔도는 혼자 버티는 중이다

혼자 홀로 이런 말을 들으면 어깨는 눈사태처럼 무너져 내린다

그래도 혼자다

이 밤 잔도를 건너 닿고자 한 곳이 무릉은 아닐 텐데

잔도를 건너오던 비몽을 마중하느라 복숭아꽃 두어
송이 꺾고 말았다

분명 이것도 큰 죄임에 틀림없다

나는 천 년을 두고 잔도를 놓아야 하는 노역의 벌을
이마에 새겼다

아흔아홉의 밤이 지나고 백 번째 날이 밝으면

판판한 돌 하나 짊어지고 첫날 매달아 두었던 잔도에
올라설 것이다

서툴렀던 솜씨에 이력이 붙더니 저물기 전에 잔도 하
나 놓을 만큼 되었다

너의 입술에 묻은 어스름에 물들었다

그해 겨울이 끝났다고 생각했을 때, 아직은 겨울이라고 네가 중얼거렸고, 나는 너의 겨울 속에서 너의 입술에 묻은 어스름에 물들고 말았다

그리고 표류하기 시작했다

겨울에서 겨울로 끝없이 표류하는 사이
너의 겨울은 지나갔고

나는 광대처럼 너의 겨울 속에 남아야 했다

그리하여 내 흔들리는 눈동자 속에는 스무 해째 보관하고 있는 너의 스물한 살 겨울이 가라앉아 있다

이후의 겨울은
밤새 이마에 젖은 수건을 갈아 얹던 손처럼
희고
차고

며칠씩 캄캄하게 깊어지기도 했다

그러나 나의 겨울은 없었다
너의 겨울 뒷면에서
호, 입김을 불던 저녁 어스름의 입술을 생각하면서
늙었고,
희미해졌고,

조금 더
겨울 복판에 접어들었을 뿐이다

4부

발등은 한 생애의 총력을 감추고

소년을 만났다

새벽 거리에서 쓰레기통처럼 웅크리고 앉은 소년을
만났다

소년은 가슴에 불을 달고 빈 배처럼 망망하게
기도하는 중이었다

나는 이 세상에 난파하였나이다
악천후를 점지받았고
순하고 맑은 날들은 수탈당하였나이다
빈 의자처럼
잔등에 쓸쓸하게 살아가도록 형벌을
새기었나이다

소년의 불은 뜨겁고 위험하고 불안했다
무른 이마가 악몽처럼 끄덕거렸다

새벽, 거리에서
빈소처럼 고요하고 외따른 소년을 만났다

수거

어느 밤, 혼자 밤나무 숲길을 걷고 있었지

고독 같은 거
절망 같은 거

그런 거 모르는 밤 가시처럼 별빛이 구르는 밤이었지

느닷없이
눈앞에 캄캄한 그림자 하나 나타나 물었지

단 하나의 소원을 들어 준다면 너는 무엇을 내줄 수
있는가!

그날 밤,
나는 신의 손톱을 얻게 되었고

불면의 밤을
거룩하게 경건하게 신성하게 할퀼 수 있었지

은혜처럼,
강림하는 새벽을 향해 신의 손톱을 모아 기도하는
시간이
내가 내줄 수 있는 유일한 것

캄캄한 그림자 같은 신이
새벽마다 내 시간을 수거하러 뒷골목을 누볐지

자라는 손톱을 잘라낼수록
신은
걸음이 느려졌고 절룩거렸고 종국에는 주저앉았지

신은
그렇게 뒷골목에 쓰러진 자신을 수거하러 손톱을 길
렀지

피아노

피아노는 점잖은 편이다
도, 하고 건반을 누르면
제정 시기 러시아를 닮은 소리가 난다
피아노 건반은 시베리아행 열차 같고
어떤 음은
플랫폼에 남아 있는 백작 청년 같다
모스크바
상트페테르부르크
하바롭스키
그런 도시를 걷는 군인들처럼
피아노는
한눈팔지 않고 혈색이 좋고
주름도 없다
눈을 감고도 한나절 혹은 그 이상 지낼 수 있는
차이콥스키와
라흐마니노프도 피아노 앞에서 점잖았다
울리아노프도 그랬다
울리아노프는 레닌의 본명

어려서 피아노를 연주했던 레닌은
러시아 혁명을 이끌었다
붉은 혁명은 피아니스트의 안목이었던 것
그 안목이
도, 하고 건반을 눌렀을 때
탕, 하고
피아노는 20세기 소비에트를 저격하기도 한다
점잖게, 피아노가 그랬다

봉긋한 발등

저는 봉긋하게 솟은 것을 좋아해요

봉긋한 것들은 스스로 밑천을 드러내는 법이거든요

지긋지긋하다는 말처럼 봉긋봉긋하다는 말을 듣고
싶으면
발등을 내려다봐요

봉긋하게 솟은 발등이라니요
무덤처럼
발등은 한 생애의 총력을 감추고 있을 것 같아요

발가락 하나를 쑥 뽑아내고
발등을 발굴해 볼까요?

발에는 스물여섯 개나 되는 뼈가 있어요
종골 거골 주상골 설상골 입방골 중족골 지골
지골은 발가락뼈를 말해요

뼈와 뼈 사이를 캄캄하게 파고 들어가면
봉긋한 발등의 부장품이 나올 거예요

우리가 별 볼 일 없는 어미들의 밑천인 것처럼
발등은 후레자식들을 순장하고 있어요

덤불, 사막, 능선, 눈밭, 호수, 늪……

세상의 난간으로만 부르트도록 쏘다닌 것들이랍니
다

이만한 밑천이면 눈에 불을 켜도 좋지 않을까요?

걸을 때마다 봉긋한 발등에서 짤랑거리는 밑천 소리
를 들어요
까짓것, 맨발로 불구덩이라도 건널 것 같아요

문밖에 지겹도록 평평한 길이 열려 있지만, 나는 봉긋

한 언덕을 걸을 거랍니다

나는 봉긋한 생애를 살다 간 후레자식의 발등이니까
요

불과 주방장과 흰 네모 접시가 있는 풍경

이것은 주방장과 불의 이야기

주방장은 작고 단단하고 늙었다
불은 뜨겁고 분방하고
양심과는 거리가 먼 붉은색이다
또 하나, 흰 네모 접시가 있다
지금은 오전 열한 시 사십이 분
불이 달아오른 화덕을 껴안고 헐떡인다
주방장은 불을 누르며 쇠국자로 땅땅 웍을 두드린다
버섯과 청경채 같은 채소는 기름에 끓는다
화르르 타오르는 것은 불의 일
꿈틀거리는 전완근은 주방장의 일
흰 네모 접시는 무료하다
날마다 몸을 바꾸어서 태어나는 불과
무덤덤하게 불을 말아내는 주방장과
금방 달아올랐다가 식는 웍과
네모 접시의 흰색은 어쩐지 낭패한 기분 같다

정오가 되면

불과 주방장과 흰 네모 접시가 있는 풍경이 풍경 바

깥으로 범람할 것이다

5월 2일

아침에 어린 학생이 울면서 집 앞을 지나갔다
노란 가방이 긴 울음처럼 잔등에서 훌쩍거렸다
우는 아이가 지나간 길에 연두의 그늘이 내려앉고
달력 한 장이 부풀어 올랐다
오전에 원고지를 펼쳐 놓고
아이는울음으로생을깁고울음으로생을헐것이다
라고 띄어쓰기 없이 칸을 메웠다
어느 날에는 도저히 띄어 쓸 수 없는 생이 있는 법이
다
구름의 움직임을 주시하다가
울음의 전성시대……
그런 생각을 해 보았다 울타리 너머로 덩굴장미가 피
었다
어떤 꽃은
난민의 표정으로 공중에 떠 있었다

가죽들

전주에서 여산을 질러가는 국도다

차바퀴가 다져 놓은 짐승 털가죽을 들개 한 마리가
코를 처박고 때때로 물고 뜯는다

살과 뼈와 내장을 품은 채로 압착된 짐승이
오소리가 아니라
고라니가 아니라
설혹
들개였다고 한들
어깻죽지 뼈와 앞가슴뼈가 송곳처럼 날을 세운 들개
에게는
살도 뼈도 숨도 없는 질긴 가죽일 뿐

살아 있는 털가죽이 죽은 털가죽을 물어뜯는 일일
뿐
짐승의 비애가 아니라
생존의 본능이 아니라

저녁에 혼자 생각해 보는 죽음처럼
잠깐의 망설임에 불과한

외로운,

거룩한 신앙처럼 질긴 털가죽을 핥고 뜯고 씹어대는
것일 뿐
내일의 그림자를 저작하는 것일 뿐

들개는 무심하게
더러 잇새에 잿빛 터럭을 물고 먼 데를 바라보기도 한
다

겨울이고
민가의 불빛이 드문드문한 날의 일이다

견습 시인

장례식장에서 신발 잃어버리기는 흔한 일

조문객을 받는 입구 양쪽으로 천장까지 닿은 신발장
을 두 번씩 찾아보고는

급한 마음에 무심코 내 신발을 신고 화장실에 갔겠거
니 기다려도 보고

발등에 '특실용'이라고 인쇄된 슬리퍼를 신고 죽 늘어
선 화환을 일없이 세며 어슬렁거리다가

그사이 누군가 내 신발을 벗어 놓았을지도 모른다는
조바심으로 또 부리나케 신발장을 뒤져도 보다가

내 앉았던 자리에 술잔과 빈 국그릇이 치워지는 바람
에 어디 앉을 데도 없이

속으로는 나도 발에 맞는 신발 하나 꿰고는 화장실에
가는 척, 모르는 척

슬픔으로 무거운 고인의 지인이라도 되는 듯 고개를
숙이고는 가끔 어깨도 흑흑흑 들썩이면서

누가 불러 세우지 않을까 소심하게 주먹을 쥐고는

그렇지, 슬그머니 사라져 버리고 싶다는 생각도 해 보

았다가 흠칫 도리질도 쳤다가

흡연실에서 담배 연기를 내뿜으며 텔레비전을 보고 있는 사람들 사이에 끼여도 보고

열 시까지만 근무한다는 상조회사 직원들의 종종걸음을 흉내도 내 보다가

새벽 한 시쯤

상주들도 좀 쉬어야지, 이런 이야기를 빈 술병처럼 남겨 두고 떠나는 조문객들의 뒷모습을 노려보다가

하, 도대체 나는 신발을 잃어버리고 심각해할 줄도 모르고

요령 있게 재빠르지도 못하고, 아닌 말로 남는 슬리퍼를 타닥타닥 끌어댈 줄 모르고

아내에게 전화해 낡은 구두라도 가져다 달라고 말할 주변머리도 없이

나와 자주 눈이 마주치는 낯선 상주의 시선에 삼가 조의를 표하기가 수차례

장례식장에서 누군가의 신발을 꿰차고 사라지기는

드문 일

준비된 삶이 고인의 자격을 얻듯
충분히 연습한 사람만이
다른 사람의 신발을 거침없이 신을 수 있는 일, 낯선
어둠을 휘적휘적 활보할 수 있는 일

헛간에 불을 놓다

증조할아버지가 세웠다는 헛간이다
본채에서 북서쪽으로 스무 걸음 남짓 걸어가면
십 년에 한 번꼴로 새로 둘렀다는 박달나무 울타리
가 있고
부화를 기다리는 알처럼
잿빛으로 기울어 있는 헛간이 있다
그곳에서 나는 걸리버 여행기를 읽었던 기억이 있다
남초를 말아 올리는 조부가 있고
등짐을 진 채 더러 읍내 쪽을 바라보던 아버지가 있
고
마침 더운 보리차를 끓여 내오는 어머니와
무엇보다도 사막 같은 가난이 있었다
마늘 싹이 돋고
첫눈이 바스락거렸고
산짐승 같은 먹구름이 멀리서 울어대던 날이었다
스무 살이 되던 아침
썩어 기울어진 박달나무 울타리를 툭툭 분질러
헛간에 불을 놓고

불이 식기를 기다려 그 희끗한 잿더미 속으로 나는
걸어갔다
기원 없는 가난을 밟아 가는 동안
작은 나라에 사는 작은 사람을 생각했다
크다는 말을 모르는 사람들이었다
능선 너머로는 갈 줄 모르는 사람들이었다
헛간을 올리고 등짐을 지는 사람들이었다
잿더미 같은 사람들이었다
스무 살까지는 살아 본 적 없는 사람들이었다
그런 사람들이
바람의 둥지에 나를 떨어뜨려 놓고는
스무 해를 품어 주었다

내가 능선에 다다랐을 때
세상 어디에도 헛간 같은 건 보이지 않았다

군산

군산에 다녀왔다
저물녘에 대설주의보가 내렸다

눈이 쏟아지자
눈발 속으로 택시들이 질주했다
골목에서는 집어등 같은 담뱃불이 흘러 다녔다
어깨 굽은 소년들이 눈발을 향해 잇새로 침을 쏘아댔
다
'하, 씨발놈의 눈'
낄낄거리는 군산의 저녁은 명랑했다

이제 눈발 없는 군산은 상상할 수 없게 되었다
허름한 구잇집 화덕마다
치자 빛으로 달아오른 연탄의 불구멍이 깊어졌다
어떤 짐승의 생살이 눈발처럼 온몸으로 녹아내릴 때
눈물을 머금은 연기는 금세 또 눈으로 쏟아졌다

군산에서 눈발만큼 헐한 것이 있을까?

비린내만큼이나 눈 인심은 박하다
다니러 온 사람들만
기승을 부리는 눈발을 흘끗거리며
하, 씨발놈의 눈 하고
송곳니를 세워 불 먹은 생살을 씹어댈 뿐,

군산은 이참에 저녁을 구워 버릴 기세다
하, 씨발놈의 눈발들이
저녁의 갈피마다 소금간처럼 흩뿌려지면서
군산은 대설로 긴밀하게 어두워졌다

연탄 화덕에 걸린 석쇠처럼 몸이 단 저녁
제멋대로 눈발을 부벼대는
군산에서 참 저녁을 만났다

누추

오전에 동백나무는 스무 송이도 넘게
꽃봉오리를 달고 있었다
선방 앞 댓돌에는
세 켤레 네 켤레 흰고무신이 세워져 있었다
4월도 부쩍 지나는 중에
땀땀이 기운 스님의 가사마다
먹빛 보풀이 분연히 일어난 날이었다
해가 설핏해진 오후에 나는 새로
동백나무를 보러 가 보았다
그늘을 피한 언덕에 붉은 동백이 밝았고,
푸른 그늘에는 스무 송이도 넘게
꽃봉오리가 져 있었다
세상의 바늘로는 거듭 기워 달 수 없도록
출가의 예를 다하는 투지였다
맨발로 나선 스님들의 발목이 저러할까 싶게
동백꽃은 붉고 둥글고 뜨거웠다

세련

서른 살에 샀던 바지를 마흔 넘어 다시 입는다

올은 거칠고
천은 빳빳하고
염은 바래 희미해졌다

그나마 자주 입어 손 닿았던 주머니가 익었고
걷느라 스쳤던 바짓단이 무르게 결을 지었다

씻고
펴서 말려
차곡차곡 숨을 넣고 주름을 잡고 품을 살피는 일이
세련이라고 배운 적 있다

바지 한 벌이
옷장 구석 캄캄한 곳에서
습기와 한기를 품고 견디는 동안

나는 아랫배가 나오고 허벅지 살이 빠졌다

세련되지 못한 탓이다

생활이 교양을 지배하지 못하는 일이 비일비재하여
임시로 무능을 가리려 한다
거칠고 빳빳하고 바래서 탁해진 바지를 입는 일이
삶이 주는 배려라고 여겨 보지만

아무래도 어법의 과장을 벗어나기는 드문 일이다

나는 어쩌자고 말을 배웠을까

잠든 당신의 눈꺼풀 속으로 나의 천사가 투신하였습니다

살아남아 안도하는 사람들에게 보이지 않는 칼날을 선물한 뒤였습니다

단지 후생의 언어를 배웠을 뿐인데,

모든 보호색의 도미노들은 실패의 왼쪽을 향해 쓰러졌습니다

천사의 이름으로 여러 골목에 문패를 내걸고 있는

사회적협동조합이라든가 아름다운 쉼터 같은 찬란과 소란의 어긋난 기분을 압니다

그런 것들이 일종의 저항이 될 수도 있습니다

묘하게

자주 깨지는 창문처럼, 이승의 프리즘을 통과하는 천사의 활강이 보입니다

꿈이 아니라고 말하지는 않겠습니다

어떤 피크닉도 돌아오는 길에는 시시해지는 법처럼

나의 천사는 면죄부도 없이 투신하였습니다, 두 발목에 홍실을 옮고

잠든 당신의 눈꺼풀을 꿰매듯 한 걸음 한 걸음 걸어
갔습니다

차고 고요한 수면이 잠깐 열렸다가 닫히는 것을 보았
습니다

그곳은 독방입니다, 오리지널 휴먼에게 주어진 수감
의 세월이 되겠습니다

그렇게 되겠습니다

살아남은 사람들의 안도를 향해 용서 모르는 칼날이
박혀도

되겠습니까?

폭설을 머금은 북쪽처럼

후회 없는 시를 쓰며 낄낄거리다가 혼자 무서워지는
저녁입니다

저녁을 옮겨 적는 일

문종필(문학평론가)

"*후회 없는 시를 쓰며 낄낄거리다가*
혼자 무서워지는 저녁입니다"

여기 "사막 같은 가난"(「헛간에 불을 놓다」)을 경
험한 사람이 있다. 장례식장에 찾아가선 자신의 신발
하나 돌보지 못한 채, 눈치 보며 방황하는 시인이 있
다. 그런 자신을 시 쓰기와 연동해 시 한 편 지어내는
'쩐' 시인이 있다. 그래서 그가 걸어 다니는 공간은 온
통 시적인 삶으로 채워진다. 어디를 가든 당신은 자신
의 흔적을 발견하고 기록한다. "낄낄거리는 군산"(「군
산」)의 표정을 놓치지 않은 것도, 외출을 위해 바지를
입었을 때도 마찬가지다. "씻고/펴서 말려/차곡차곡
숨을 넣고 주름을 잡고 품을 살피는 일이/세련"(「세
련」)이라고 배웠기에, 바지를 고를 때마다 '나'와 '문학'
이 세련될 수 있는지 고민한다.

삶 속에서 시가 재생될 수밖에 없는 것은 너무나
당연하다. 디즈가 온몸이 성감대라고 말한 것처럼 모
든 대상을 향해 감각이 열려 있으니 어떻게 외면하랴.

시인의 숙명이다. 그런데 변수는 당신의 '삶'이 동일하지 않다는 점에서 발생한다. 같지 않기 때문에 시가 읽히지 않는 시대임에도 불구하고 늘 새롭게 출판되고 복간된다. 따라서 우리는 애써 쓴 고백에 대해 의무적으로 관심을 가질 필요가 있다. 물론 모든 문학이 그런 것은 아니다. '진정한'이라는 라벨이 붙을 수 있는 작품을 두고 하는 말이다. 그렇다면 문신 시인의 세 번째 시집에서 우리는 무엇을 느껴야 하고 무엇을 경험해야 하는가. 그것은 '저녁'이라는 시공간에서 시를 길어 오는 시인의 모습이다.

저녁에 '저녁'을 공부하는 삶은 어떤 삶일까. 시인 문신의 시집을 펼쳐 본 독자들은 이 질문을 피해 갈 수 없을 것 같다. 1부에 펼쳐진 시편 중, 일부의 작품을 제외하고 대부분의 작품들이 저녁을 소재로 그려졌기 때문이다. 무엇보다도 1부에 쏠린 이 에너지는 시집 끝까지 이어진다. 시인은 무슨 이유로 저녁 주변을 서성거렸던 것일까. 자신의 의도와는 상관없이 저녁에 홀로 남겨지게 된 이유는 무엇일까. 사연이 있다면 무슨 사연으로 저녁을 움켜쥔 채, 놓지 못했던 것일까. 그에게 '저녁'은 무엇이며 이 개념을 통해 드러내고 싶었던 것은 무엇일까. '저녁'을 이해하면 시인의 얼굴을 만질 수 있을까.

문신 시인은 '저녁'에 놓인 자신의 모습을 세밀하게 들여다본다. 저녁에 일어날 수 있는 경험을 하나에서 열까지 자신만의 호흡으로 '저녁'의 흔적들을 펼쳐 보인다. 여기서 주의해야 할 것은 '저녁'을 펼쳐 놓는 방식이 지극히 개인적이라는 사실이다. 그래서 독자들은 개별적인 살갗이 피워낸 저녁의 흔적을 쳐다보며 '나'와는 전혀 다른 혹은 나와 일정 부분 비슷한 당신의 삶에 관심을 갖게 된다. 이러한 일련의 과정은 시 읽기의 즐거움과 관련 있다. 하지만 이 즐거움이 마냥 행복한 것은 아니다. 시인이 그려낸 저녁의 풍경은 고독할 뿐만 아니라, 슬픔의 문제를 집요하게 파고들기 때문이다. 그래서 다소 낭만적인 '저녁'을 독자들이 기대하거나 상상했다면 원하는 답을 찾지 못한다. 적적하고 체념적인 조각만이 시집 곳곳에 흩뿌려진다.

그러나 발목까지 젖어드는 저녁에 저녁을 공부하는 일은

저 감나무 잎에 나는 누구인가, 라는 문장을 캄캄하게 옮겨 적는 일

그런 뒤, 비 그친 감나무 잎 그늘에 낡은 의자를 내다

놓고 또 나는 누구인가, 라는 캄캄한 문장을 팔팔 끓는
목청으로 읊어대는 일

—「저녁 공부」부분

짙고 두꺼운 감나무 잎에 빗물이 떨어지는 장면을
목격해 본 사람은 안다. 하나의 사건처럼 그 장면이 청
각을 자극시킨다는 사실을 말이다. 그래서 화자는 비
가 내리는 날, 감나무 잎에 들이치는 빗줄기를 멍하니
쳐다보며 하던 일(책 읽는 일)을 멈춘다. 스스로 단단
한 바위가 되어 이날의 저녁을 무심히 관찰하고, 끝내
는 책으로 이해하거나 학습하는 방식이 아닌 저녁 자
체를 느껴 보기로 결심한다. 이러한 다짐은 독자 입장
에서 창작자의 '시론'을 마주하는 것과 무관하지 않다.
시론이 무엇인가. 작가의 의지와 바람이 투영된 텍스
트이지 않겠는가.

시인은 이 방법론에 힘을 쏟는다. 시집에서 저녁의
풍경을 자주 확인할 수 있는 것엔 이러한 배경이 깔려
있다. 그렇다면 시인은 '저녁'을 공부하면서 무엇을 배
우고자 했던 것일까. 그것은 "나는 누구인가"와 같은
근원적인 궁금증에 답하는 것이다. 좋은 문학이라면
어떤 방식이든지 소환될 수밖에 없는 질문이기에 조
금은 상투적인 표정으로 느껴질 수 있으나, '저녁'이라

는 키워드로 시인이 힘 있게 밀고 나가고 있다는 점에서 그의 문제의식은 묵직한 형태로 알레고리allegory화된다. 다시 말해, '저녁'을 중심으로 시인이 움직였던 장면들이 거미줄처럼 진하게 연결되는 것이다.

이 시집은 화자 홀로 마당과 동네와 술집을 기웃거린 고백서다. 우리가 관심을 가져야 할 것은 이러한 발걸음이 작위적이지 않다는 점이다. 좀 더 구체적으로 말해, '의식'적으로 저녁을 탐구했을지라도, '무의식'적인 실존 덕분에 살결의 흔적이 자연스럽게 스며든다. 그래서 연작시 형태로 보이는 의식적인 '저녁' 관련 작품들이 인위적으로 느껴지지 않는다. 의식적인 창작에 있어 이 부분은 중요하다.

이러한 특징으로 인해 연작시가 성공적으로 배치되었음을 확인할 수 있다. 독자들에게 당당히 자랑해도 무방하다. 그만큼 그가 그려낸 '저녁' 연작시는 소소하면서 진솔하다. 가령, 시인은 "밥그릇을 비우고 흘린 밥알을 훔치고 수저를 씻어 수저통에 가지런"(「누군가 페달을 밟아대는 저녁」)히 눕히는 반복적인 일상을 통해 '인생은 무엇인가'와 같은 질문을 던지는 것이다. 이 과정에서 시인은 "슬픔의 내력"(「슬픔을 부르는 저녁」)을 시집에 덧칠한다. 시인은 슬픔을 먹고 슬픔을 품고 슬픔을 언어로 표현한다.

시내버스 뒤쪽으로 꾸역꾸역 밀려드는 사람들을 보
라
그들을 저녁이라고 부른들 죄가 될 리 없는 저녁이다

누가 아파도 단단히 아플 것만 같은 저녁을 보라
저녁에 아픈 사람이 되기로 작정하기 좋은 저녁이다

시내버스 어딘가에서
훅,
울음이 터진들 누구도 거들떠보지 않을 저녁이다

이 버스가 막다른 곳에서 돌아 나오지 못해도 좋을
저녁이다
　　　　　　—「누가 아프다는 이야기를 듣는 저녁」 부분

이 작품은 '저녁'을 경유하지만 '나'가 중심에 놓이
는 것이 아니라, 공단 지대를 경유하는 시내버스에 눈
길을 보낸다. 퇴근 시간에 어둠이 밀려 들어오는 것처
럼, 버스에 승차하려는 사람들도 밀물처럼 버스 뒤쪽
으로 차오른다. 화자는 이러한 풍경을 관찰하며 "그들
의 저녁"에 대해 생각하고 여러 상념에 빠진다. 상념에
가속이 붙게 된 것은 지인이 아프다는 소식을 접했기

때문이다. 중년[1]의 삶은 이렇게 끝을 쳐다볼 수밖에 없다. 이처럼 화자의 눈에 비친 사람들은 적적한 감정을 품고 저녁을 경유해 독자들의 마음을 두드린다.

창작자의 시론을 앞에서 확인한 것처럼, 문신 시인의 시집을 읽은 독자들은 시집에 그려진 '저녁'의 흔적을 어렵지 않게 만져 볼 수 있다. 독자들 또한 자신의 저녁과 견주며 '나'의 저녁에 대해 곰곰이 생각해 보아도 좋을 듯하다. 궁극적으로는 시인이 했던 방식과 동일하게 '나는 누구인가' 혹은 '나는 잘 살고 있는가'와 같은 건강한 질문을 던지는 것도 나쁘지 않다. 이것이 문신 시인의 시집을 탐닉하는 하나의 핵심 포인트다. 독자들에게 이러한 질문을 던지는 것이야말로 진정한 문학의 역할이지 아니겠는가.

---

1 문신 시인의 두 번째 시집 『곁을 주는 일』에서는 「마흔 살」, 「중년의 번식」, 「우연한 중년」, 「걸어 다니는 중년」, 「중년의 내일」, 「중년 무렵」 등의 작품을 찾을 수 있다. 두 번째 시집이 출간된 2016년 당시, 시인은 끝에서 세상을 쳐다보고 있음을 짐작할 수 있다. 그러니 6년 후, 출간된 이 시집에서는 그 힘이 더 강력해졌으리라 추측된다. 박성준 시인은 두 번째 시집 해설에서 "여기 너무 일찍 늙어 버린 시인이 있다."(박성준, 「네 번쯤 놀람을 유발하는 이상한 중년(들)」, 『곁을 주는 일』, 모악, 2016, 108쪽)라고 적었는데, 이 문장도 그것을 단적으로 증명해 준다.

하지만 유독 이 시집에서는 '저녁'에 대한 관성이 지속적으로 이어진다. 1부에 저녁 관련 텍스트들이 몰려 있음에도 불구하고 호젓한 흔적들은 지워지지 않은 채, 흐르고 밀리고 번져 지속적으로 쌓이고 축적된다. 그렇다면 자연스럽게 우리는 그가 탐구한 '저녁' 개념이 매우 실존적인 맥락에서 재생되고 있음을 확인할 수 있고, 그가 골몰했던 저녁의 파편들을 재차 쫓아가 좀 더 자세히 지켜볼 필요가 있다. 그에게 '저녁'은 무엇이기에 이토록 변주의 모습을 취하게 되는 것일까.

이 시집 2부에 수록된 「어제 떠나지 못한 사람」에서 화자는 앵두나무 주변을 서성거리며 앵두를 관찰한다. 앵두나무는 3월 초나 4월 초에 꽃을 피운 후, 5월에 착색하여 6월 초에 과실이 열리는 나무다. 화자는 봄과 여름 사이에서 앵두나무 주변을 맴돌며 앵두를 물들였던 나무가 아니라 "앵두를 물들이던 붉은 저녁"에 대해 생각한다. 과학적인 흐름을 재배치한것으로 시인에게 '저녁'[2]이라는 시공간이 강력하게 다가왔음을 알 수 있다. 저녁 자체가 우리를 숙연肅然하게 만드는 것일까. 시인은 무슨 이유로 '저녁'에 붙들리고 있는 것일까.

「11, May」도 마찬가지다. 화자는 "저물녘"에 강변을 따라 산책한다. 강변을 걷고 걷는다. "강물의 속도를 가늠해 보며" 맞춰 걷는다. 강변을 산책하며 이런저런 상념에 빠진 화자는 환유의 방식으로 여러 감정을 뱉어낸다. 그러고선 저녁과 천천히 마주한다. "이어폰을 꽂은 귓바퀴를 따라 노을"을 확인하게 된 것이다. 그렇다면 자연스럽게 저녁이 올 때까지 오랜 시간 시인이 산책했다는 사실을 짐작할 수 있다. 산책을 한다는 것은 여유가 있기 때문에 가능한 것일 수도 있지만, '나'의 존재를 묻는 것과 무관하지 않다. 걷고 걸으면서 그는 삶에 대해서, 행복에 대해서, 인간에 대해서 고민했을 것이다. 늙은 상수리가 기우는 것을 보며 "마른 소리"(「정유丁酉, 8월 17일」)를 들을 수 있는 감각 있는 시인은 무슨 이유로 자신의 감정을 '저녁' 속에 흘러가도록 놔둔 것일까.

---

2 문신 시인의 첫 번째 시집에서는 「저물녘」이라는 작품을 확인할 수 있다. 이 작품은 제목 그대로 저물녘의 풍경을 다양한 기분과 이미지로 층을 쌓은 작품인데, 이 작품 말미에 시인은 "아무튼 저물녘이란 고요함만으로는 견딜 수 없는 발광의 순간이라고만 해 두자"(문신, 「저물녘」, 『물가죽 북』, 애지, 2008, 19쪽)라고 적었다. 사후적인 발언이 되겠지만, 시인에게 저녁은 다채로운 형태로 가슴속 깊이 숨겨져 있었던 것으로 보인다.

그들이 옳았다

신발들은 자기들이 어떤 불운을 이끌고 왔는지 관심
없다

한걸음

한걸음

뒤축 무너진 점괘를 밟으며 저녁은 스밀 뿐

어둠은 하염없이 돋아나는 권태가 되기에 손색없다

— 「예보」 부분

위의 작품에서 그 힌트를 얻을 수 있다. 이 시는 의
자에 앉아서 먹는 것이 아닌, 좌식坐式을 이용해 먹는
삼겹살집 식당 풍경을 다룬다. 손님들 모두 신발을 아
무렇게 벗어 놓고 맛있게 정신없이 "지나온 날들을 난
도질"하며 삼겹살을 구워 먹는다. 하지만 화자는 가지
런하지 않은 그들의 신발을 바라보며 "내일의 점괘"
를 확인한다. 중요한 것은 화자의 의도와는 무관하게
삶은, 생은 흘러간다는 사실이다. "신발들은 자기들이
어떤 불운을 이끌고 왔는지 관심"이 없다. 뒤축 닳은
신발에 삶이 축적되는 것처럼, 화장지가 물을 흡수하
는 것처럼, 저녁과 삶과 불운한 일상은 의식되지 못한

채 쌓일 뿐이다.

먹고 자고 다시 일어나고, 다시 먹는 이러한 반복의
여정을 우리는 조심스럽게 '권태'라고 부를 수 있겠다.
이러한 맥락에서 독자들은 문신 시인의 작품에 우울
과 슬픔이 스미는 것을 이해할 수 있고, 부제를 통해
화가 이중섭의 작품을 응시한 것도 짐작할 수 있다.
화자는 현재 권태와 마주하고 있다. 그는 권태 속에
서 느낄 수 있는 쓸쓸한 표정을 검은 비닐봉지에 하나
둘 주워 담는다. 하지만 그렇다고 해서 시인의 삶이 권
태로 인해 무너지는 것은 아니다. 시인은 다음과 같이
적는다.

사흘이고 열흘이고 시를 새김질하다가 살구나무에
계절이 걸리는 것도 잊고 또 시를 읽을 것이다 그렇게
시를 읽다가 살구꽃 터지는 날을 골라 내 눈에도 환장
하게 핏줄 터지고 말 것이다
　　　　　　 —「시 읽는 눈이 별빛처럼 빛나기를」 부분

그는 '쓰기'를 통해 권태의 삶을 두 손으로, 작은 몸
으로, 버티고 서 있다. 눈에 핏줄이 터져도 글쓰기를
멈추지 않겠다는 다짐은 문학에 대한 그의 굳은 신념
을 느끼게 해 준다. 어찌하든 간에 삶은 지속될 수밖

에 없음을 잘 알고 있기에 지친 '나'를 일으켜 세울 수밖에 없다. 그러니 화자는 어금니를 발치한 날에도 그날의 기분과 감정을 시로 옮겨 적고, "가을 기운"(「오후」)이 넘실대는 날, 빨래한 경험을 시로 적는다.

여기서 빨래는 중요한데, 그 이유는 빨래야말로 반복되는 일상의 흔적을 단적으로 보여 주기 때문이다. 시인은 반복적인 리듬 속에서 재생되는 빨래를 "습속"(「습속」)이라고도 부르는데, 이 습속을 피하지 않고 전면에서 이행하고 있는 것이다. 늘 항상 그렇지만 가능성은 밖에 있지 않다. 외부가 아닌 내부에서 희망은 꿈틀거린다. 따라서 독자들은 재미나 위트나 농담 같은 표현을 문신 시인의 세 번째 시집에서 기대하면 안 된다. 진지한 화자의 삶이 주로 부각된다.

> 당신의 발목에서 그늘이 자란다는 소식으로 불면하는 저녁
> 일흔을 목전에 두고도 그늘 한 점 없는 발목을 자책하다가
> 간신히 그릇을 바로 돌려놓습니다
> 당신의 발목 같아서 그릇 가득 밥을 담아 봅니다
> 당신 없는 세상에서 먹는 첫 밥이
> 뜨거운 그늘처럼 목에 얹혀 단단하게 마디 지는 저녁

입니다

—「저녁 노래」부분

위의 작품은 당신을 닮은 '발목'에 대해 생각하며 쓴 작품으로 많은 독자들에게 울음이 아닌 울음을 선사한다. 시인은 어느 날, 사랑하는 존재의 부재를 느끼고 그의 가느다란 발목을 떠올리며 나의 발목과, 밥상에 올라가 있는 오목한 밥그릇의 선(발목)을 생각한다. 그러면서 밥 한 끼 뜬다. 밥이 잘 넘어갈 리 없지만, 밥을 뜨면서 저녁에 놓인 '나'를 힘차게 삶 속으로 민다.

문신 시인은 반복되는 일상 속에서 긴장의 끝을 놓지 않고 시작詩作을 이행한다. 그래서 우리는 이 시집을 "저녁을 옮겨 적는 일"이라고 부를 수 있겠다. 저녁은 오늘도 내일도 먼 훗날에도 찾아오는 짙은 먹구름이기 때문이다. 하지만 이 먹구름은 우리에게 '나'의 존재를 묻게 한다. 오늘 밤에도 어김없이 저녁이 밀려올 테니, 시인의 저녁과 당신의 저녁을 동시에 만나 보기 바란다. 시인은 독자들에게 질문한다. 당신의 저녁은 어떠한가? 당신의 저녁은 안녕한가? 당신은 지금 행복한가?

죄를 짓고 싶은 저녁

2022년 4월 21일 1판 1쇄 펴냄

지은이   문신

펴낸이   김성규

편집   김은경 김도현

디자인   김동선

펴낸곳   걷는사람

주소   서울 마포구 월드컵로16길 51 서교자이빌 304호

전화   02 323 2602

팩스   02 323 2603

등록   2016년 11월 18일 제25100-2016-000083호

ISBN 979-11-92333-09-0 04810

ISBN 979-11-89128-01-2 (세트)